PLUS DE SANGSUES DU PEUPLE!!!

GUÉRISON RADICALE

de l'Épidémie des Actions de Chemins de Fer,

(SANS GARANTIE DU GOUVERNEMENT)

En un mois, divisé en trois Traitements.

PREMIER TRAITEMENT DÉSOPILATIF.

NOUVELLE COMPLAINTE DU JUIF-ERRANT

QUI S'EST ARRÊTÉ A PARIS EN 18..

sous le nom

DE ROTHSCHILD,

Traduite de l'hébreu par un Actionnaire du Chemin de Fer du Nord,
non moins RUINÉ que LETTRÉ.

SUR L'AIR POPULAIRE DE L'ANCIENNE COMPLAINTE,

avec accompagnement d'orgue de Barbarie et du son des écus à la ritournelle.

Précédée d'un Avant-Propos et suivie de Notes curieuses fournies
PAR LE JUIF-ERRANT EN PERSONNE.

PRIX : **50** cent.

PARIS,

CHEZ BRY ET WILLERMY, ÉDITEURS,
RUE POISSONNIÈRE, 29 ;
ET CHEZ TOUS LES LIBRAIRES.

1846.

Premier Traitement désopilatif.

NOUVELLE COMPLAINTE

DU JUIF ERRANT

QUI S'EST ARRÊTÉ A PARIS EN 184..

SOUS LE NOM

DE ROTHSCHILD.

Traduite de l'hébreu.

PAR UN ACTIONNAIRE DU CHEMIN DE FER DU NORD,

non moins RUINÉ que LETTRÉ.

Sur l'Air populaire de l'ancienne Complainte, avec accompagnement
d'orgue de Barbarie et du son des écus à la ritournelle.

PRÉCÉDÉE D'UN

AVANT-PROPOS DU TRADUCTEUR,

ET ACCOMPAGNÉE DE NOTES EXPLICATIVES ET CURIEUSES A LIRE.

PAR LE JUIF-ERRANT,

Sur tous les chemins de fer en général, et sur le chemin du Nord
en particulier.

PARIS.

CHEZ BRY ET WILLERMY, ÉDITEURS,

RUE POISSONNIÈRE, 29;

ET CHEZ TOUS LES LIBRAIRES.

—

1846.

AVANT-PROPOS.

Il est à regretter que l'un de nos littérateurs modernes les plus féconds et les plus justement renommés se soit plu à publier, dans un ouvrage d'ailleurs fort remarquable, la mort du célèbre Ashvérus, dit le *Juif-Errant*. J'espère néanmoins qu'il voudra bien démentir lui-même les bruits absurdes qu'il a fait circuler à cet égard, s'il veut prendre connaissance des pièces importantes écrites en langue hébraïque que ce malheureux vieillard m'a remises lui-même il n'y a pas plus de huit jours, dans mon cabinet, où il a laissé l'empreinte de son soulier, que j'ai fait mettre sous verre en mémoire de son passage.

Le texte hébreu, dans lequel on trouve la preuve de son séjour à Paris, dans une époque très-rapprochée de nous, et de son existence sous le nom d'un de ses plus célèbres co-réligionnaires, est d'ailleurs revêtu de toute l'authenticité désirable, et je me ferai un véritable plaisir de l'expliquer à tous ceux qui ne seraient pas suffisamment versés dans cet idiome de l'ânesse de Balaam.

Ayant reconnu dans ces notes la touchante bonhomie et surtout la morale si pleine d'à-propos qui distingue la complainte populaire dans laquelle ce martyr vivant épanche si tristement ses peines, je n'ai pas voulu en gâter la traduction par la richesse du style, pensant que la parole du Juif-Errant devait être, comme lui-même, habillée de haillons ! J'ai donc essayé de reproduire dans le rhythme de la vieille légende cette versification naïve qui fait que nos aïeux l'ont toujours chantée, que nos petits neveux la chanteront encore, et ceux-ci à leur postérité, ainsi de suite, jusqu'à la consommation des siècles. Ainsi soit-il !

Ça n' se vend qu'un sou.

Voilà pour l'art ; mais, ce qui est plus important et m'a fait surtout choisir le style populaire de la complainte, c'est que ces nouvelles révélations doivent servir à éclairer le public sur les coupables manœuvres des spéculateurs du jour. Qui ne sera curieux de savoir l'opinion du Juif-Errant sur les chemins de fer dont on sillonne à l'envi la surface du monde? Il doit s'y connaître, lui , ce vétéran des grandes routes! Qui ne voudra savoir la part qu'il y a prise, son repentir touchant et les conseils qu'il donne à tous?

Dans le moment surtout où la réapparition à Paris du plus célèbre des meneurs, du roi des primes et de l'agiot, prépare de nouvelles ruines et de nouveaux malheurs; il faut que la seconde complainte du Juif-Errant, soit connue de tous, chantée partout et par tous, qu'elle pénètre dans toutes les maisons, de la cave aux mansardes ; qu'elle reste comme une enseigne dans la loge du portier, afin que celui-ci, si quelque Monsieur décoré, pair de France ou amiral, venait lui demander s'il reste dans sa maison un actionnaire de chemins de fer, puisse répondre : *Connais pas, Mossieu, connais pas! passez votre chemin!*

Hâtez-vous, vous qui avez vendu de bonnes rentes pour acheter des chemins, hâtez-vous de les reprendre! Les meneurs achètent; c'est qu'ils veulent vendre, et vous qui, déjà dupes une fois, espériez revoir ces primes fabuleuses que le monstre de l'agiot a déjà dévorées deux fois, détrompez-vous : ils n'achètent que ce qu'ils ont; le prix qu'ils y mettent, c'est l'appeau ; riches, n'allez pas jeter votre or ; pauvres, n'allez pas exposer le prix de vos sueurs à cette désastreuse pipée! Fuyez ce piége trop visible, où vous avez déjà laissé bien des plumes de vos ailes!

Quant à moi, je ne demande qu'une chose : que ceux-là qui ont été pris une fois chantent la nouvelle complainte du Juif-Errant, et je promets à M. de Rothschild un concert de voix à faire taire tous les saxophones de l'Hippodrome, et à mon éditeur tous les fonds nécessaires pour l'établissement d'un chemin de fer sous-marin de la maison de Rothschild aux chutes du Niagara!

NOUVELLE

COMPLAINTE DU JUIF ERRANT.

AIR POPULAIRE DE L'ANCIENNE COMPLAINTE.

Je marche sur la terre
Depuis mille ans et plus,
Prends pitié d' ma misère ;
Hélas! je n'en puis plus!
Ah! permets-moi, mon Dieu,
De m'arrêter un peu.

D'une aussi longue course,
Mes membres sont meurtris,
J' n'ai qu' cinq sous dans ma bourse,
Et pour vivre à Paris,
Je suis dans l'intention
D' liquider ma pension.

L' Seigneur daignant m'entendre,
Un ange très-cossu,
Du ciel, je vis descendre,
Qui m' dit : « Fais ton reçu,
« Sans compter Isaac,
« Ton affaire est dans l' sac.

« Depuis qu'Eugène Sue
« T'a mis en feuilleton,
« Ta mine est trop connue,
« Rase bien ton menton,
« Change d'état civil,
« Et prends nom de Rothschild.

« Reste ici, Dieu l'accorde;
« En jouant ton va-tout,
« Ne craignant pas la corde,
« Tu parviendras à tout :
« Adieu, je te le dis,
« Et r'monte au paradis. »

C'est dur, quand on commence,
D' gagner son pauvre argent,
Mais en plantant en France,
Ça pousse comme gland,
En arrosant tantôt
De prim's ou d'agiot.

Pour tous les rois du monde
J'organise le prêt,
La clientèle abonde,
Je n' prends pas d'intérêt,
C'est le peuple qui rend
Au taux de cent pour cent.

A Dieu j' dis une sottise,
Quand il portait sa croix,
Maintenant il m'avise
Que je fus peu courtois,
Car je porte aujourd'hui
Bien plus de croix que lui.

Un désespoir me ronge,
Je n'ai pu faire encor
Le grand œuvre, j'y songe,
Mais le fer, c'est de l'or,
S'il est mis en chemin,
Mon calcul est certain.

De Paris à Bruxelles,
De fer j'ouvre un chemin,
Videz vos escarcelles,
Et versez dans ma main,
En échange d'actions,
Quelques deux cents millions.

BIBLIOTHÈQUE IMPÉRIALE

Chaqu' action, je le pense,
Vaudra bien cinq cents francs;
Comme on paye d'avance,
Je les donne à neuf cents;
Enlevez, à ce prix,
Ça chauffe, et tout est pris.

Vous en voulez encore,
J' n'en ai plus, c'est égal,
J' vais vous en faire éclore
Sans changer l' capital,
En mettant à quinz' sous,
Vos pièces de vingt sous [1].

C'est ainsi qu' ça se joue,
Sitôt que j' n'en eus plus,
La Fortun' fit la roue,
Chacun crachait dessus,
Moi je r'pris mes actions
A bonnes condtions [2].

J' fis remousser la chose,
J' vendis encore une fois;
Maintenant qu'on en glose,
Je m'en lave les doigts,
Et j' vous dis, entre nous,
Qu' mon ch'min n' vaut pas deux sous [3].

(1) Voir les Notes à la fin.

La machine enfin roule (4),
C' n'est pas qu' ça soit très-doux,
Car le convoi déboule
Dans les marais d' Fampoux :
Ceux qui savent nager
Évit'nt bien du danger (5) !

Les blessés, pour me nuire,
Ont crié les plus fort;
Mais, je dois vous le dire,
Ceux qu'un plus triste sort
A broyés sur le coup
N' se sont pas plaint du tout.

J'y ai mis d' la conscience,
Car tout un bataillon
Vint, la nuit en silence,
Faire là le plongeon.
Ah! quels fameux canards
Que ces braves soudards!

Je compte de victimes,
Quatorze, c'est prouvé;
En sondant les abîmes
On n'a rien retrouvé,
Qu'un tas de vêtemens
Et personne dedans!

On en disait quarante
Noyés dans un wagon ;
C'est un fait qu'on invente,
Car pas un homme au fond :
Ils avaient eu l' bon sens
D' prendre des remplaçans.

Néanmoins l'homme sage
Qui songe au lendemain,
S'il risque le voyage,
Doit, sur un tel chemin,
Prendre des précautions
Beaucoup plus que d'actions.

Ma méthode était bonne,
Mais j' n'avais pas d' brevet,
Chaque banquier crayonne
De chemin son projet [6] ;
Comm' si l' monde à présent
Voulait s' fair' Juif errant.

D' l'Avignon à Marseille,
Du Lyon Avignon ;
Et cette autre merveille
Le Paris à Lyon ;
Et du Cette à Bordeaux
Qu'on vous laisse su' l' dos ;

Et du Paris à Rennes
Qui ne s' f'ra pas, je crois;
La semaine prochaine;
Même du Charleroi,
Et le Paris à Caen
Qui s'ra fait Dieu sait quand!

Le Havre, qui possède
Son pont de Barantin;
Et celui que je cède,
Le Creil à Saint-Quentin;
Et le Paris à Sceaux,
Qui s' déroule en cerceaux;

Du Tours allant à Nante,
Du Troye à Montereau;
Et celui qu'on nous vante,
L'Orléans à Bordeaux,
Passant par le Poitou
Sans porter rien du tout.

Le Fampoux qu'on liquide,
Le Vierzon relevant
Son terrain peu solide;
Et le Dieppe à Fécamp
Qui rapporte un poisson
Trop fort pour la saison.

Voulez-vous d' la promesse
Ou du définitif;
A la Bourse on se presse,
C'est très-récréatif,
Et contre vos deniers
Vous r'cevez des papiers.

Mais la mèche est vendue,
Un d' ces quatre matins
Votre prime est..... fondue,
Vous gardez vos chemins
Avec embranchement
Sur l' premier versement [7].

CONCLUSION MORALE.

Jadis, près de la ville,
De Bruxelle en Brabant,
D'une façon civile
On m'accueillit gaîment;
Quand j'y viens en wagon
On m' traite d'Harpagon.

Pourtant ma mine est fière,
L'habit barbeau, l' ruban
Rouge à ma boutonniére,
Et les yeux d' lapin blanc;
Jamais on n'avait vu
Un homme aussi cossu!

Ça m' lasse qu'on me boude,
Je r'prends décidément
Mon bâton et ma gourde,
Et mon beau menton blanc;
Rothschild, je t' rends ton nom [8],
A garder c' n'est pas bon.

J'aime mieux ma manière
Antique d' voyager,
Où bonnement la terre
Me servait de plancher,
Que ces chemins de fer
Qui sont perchés en l'air.

J'aime à voir les campagnes
Mieux que derrière un mur;
J'aime à voir les montagnes,
Et je trouve plus sûr
D' les tourner, entre nous,
Que de passer dessous.

Et quant à tes promesses,
Tes titres, tes actions,
Volontiers j' te les laisse :
Ça fait bien des millions,
Mais j' n'en suis pas jaloux,
J'aime mieux mes cinq sous!

NOTES

(1) Tout le monde sait que les actionnaires du Nord avaient fait leur premier versement de 125 fr. avec la garantie d'un titre de 500 fr.; mais, par la toute-puissance de M. de Rothschild, qui avait trop de monde à satisfaire, disait-il, l'action a été réduite à 375 fr. par l'addition de cent mille nouvelles actions, ce qui réduisait d'un quart la portion attributive de chacun dans les bénéfices éventuels de l'opération.

Mais voici le beau de la spéculation : comme cet heureux changement ne fut réellement public que lorsque l'action valait 900 fr., c'est-à-dire, au taux de 375 fr. l'action, 525 fr. de prime, en créant d'autorité cent mille actions de plus, M. de Rothschild s'appropriait un léger capital de cent mille primes à 525 fr., c'est-à-dire 52,500,000 fr. Certes il n'a pas écoulé les cent mille actions au prix de 900 fr.; mais, en prenant la moyenne entre ce prix et le prix actuel, à 730 fr., c'est encore un bénéfice de 40 à 45 millions que lui a valu cette heureuse idée de diminuer la valeur de l'action en la multipliant. Allons, Messieurs les actionnaires, qu'en dites-vous? il me semble que ce sont là des dommages et intérêts fort raisonnables. — Les demanderez-vous?

(2) Le Nord retomba, l'année dernière, au prix de 620 fr. Que n'y restait-il toujours !

(3) Calculée sur le prix des recettes actuelles, cette appréciation du Juif-Errant me paraît de la plus complète exactitude.

En effet, le chemin, n'ayant rapporté en moyenne que 28,000 fr. par jour, les recettes de l'année seraient environ de.   10,500,000 fr.

Sur lesquels, déduisant l'amortissement à un et demi, sur 200,000,000 fr., ci . . . . 3,000,000 fr.

Il resterait une somme de. . . . . 7,500,000 fr., sur laquelle doivent s'imputer les frais; or, avec les charges de son nombreux personnel, de son administration grassement rétribuée, de ses deux cents locomotives, de ses rails à entretenir, etc., etc., on ne peut guère les élever à moins de 7 millions; la part de l'actionnaire serait donc bien près de zéro, si, tous les versements effectués, le chemin ne rapportait pas plus.

Mais encore là M. de Rothschild, si riche en idées quand ces idées l'enrichissent, en a exploité une des plus délicates : il s'est dit (et tous les entrepreneurs de chemins avec lui) : Comme, si ces bons actionnaires attendaient les produits du chemin pour toucher l'intérêt de leurs premiers versements, ils ne toucheraient rien du tout, et que ça les dégoûterait tout de suite, nous leur paierons 4 p. % d'intérêt sur leurs 125 fr., d'autant qu'en prenant l'intérêt sur le capital, ça ne nous coûtera rien.

Mais savez-vous, chers actionnaires, que 125 fr. font, à 4 p. %, 5 fr. par an, qui, multipliés par 400,000, donnent juste 2 millions dont sera atténué par an votre capital ; au moins ceux-là vous les aurez reçus : c'est une consolation. Décidément, le Juif-Errant a raison : dans l'état actuel, ça ne vaut pas deux sous.

Mais ce vieillard de malheur est reparti sans attendre l'avenir ; pas du tout, et voici l'appréciation qu'il en a faite encore.

Un jour, c'est possible, le Nord rapportera par jour 60,000 fr., ce qui fait par an environ. . . . . 22,000,000 fr.

Alors les frais n'absorberont plus le revenu ; ils ne seront que de 50 p. %, ci. . . . . . 11,000,000 fr. $\Big\}$ 14,000,000 fr.
Amortissement . . . . 3,000,000 fr.

Il restera. . . . . 8,000,000 fr.
à partager entre quatre cent mille actions, c'est-à-dire 20 fr. par an pour chacune. Voilà le chemin que vous avez payé 900 fr., et que vous payez encore... 730 fr. Quelle déception pour M. de Rothschild, si l'actionnaire n'avait pas été inventé avant les chemins de fer !

Mais ce chiffre de 60,000 fr. sera dépassé ! C'est une question que le digne Ashvérus résoudra tout-à-l'heure dans une note plus loin, sur les chemins de fer en général.

(4) Le chemin n'était muni ni de son personnel ni de ses machines ; il n'avait été pris, ainsi qu'on l'a vu, aucune des précautions suffisantes pour garantir la vie des voyageurs ; mais il fallait commencer en été : la campagne, les bains, la chasse, l'attrait de la nouveauté, favorisés par une belle saison, devaient amener le concours de voyageurs nécessaire au début de l'entreprise, qui, s'il n'eût pu avoir lieu qu'à la morte saison, eût enlevé l'excuse du matériel qui n'était pas en état. Il restait donc le temps de faire mousser et de rejeter sur la place encore une fois, à un bon prix, toute la queue des actions encore dans les mains des exploitants. Mais vienne l'hiver, et toutes ces fourmis accapareuses se moqueront bien de l'actionnaire, pauvre cigale, qui,

> . . . . . ayant chanté
> Tout l'été,
> Se trouva fort dépourvue
> Quand la bise fut venue.

(5) C'est ici le spéculateur qui parle ; mais il n'est personne dont le cœur n'ait saigné à la triste nouvelle de l'événement qui plongeait tant de familles dans le deuil, et dont la puissance de l'or a étouffé le dernier mot.

> Les morts qui n'ont pas l' sou sortent-ils du tombeau ?

(6) Tous les projets de chemins de fer dont le Juif-Errant donne la nomenclature dans sa complainte doivent beaucoup moins leur réalisation à l'intérêt de la France qu'à l'espérance des grands bénéfices

dont les lignes de Paris à Rouen et de Paris à Orléans ont donné l'éveil; mais quelle différence !

D'abord le désir de profiter tout simplement de la valeur des primes a engagé toutes les compagnies à se disputer les concessions, de telle sorte que, de quatre-vingt-dix-neuf ans, elles ont été réduites de moitié, et, sur certains chemins, de beaucoup plus, et jusqu'à vingt-deux ans !

Ensuite, à qui peut-il prendre la fantaisie de comparer l'exploitation d'une ligne de trente-deux lieues (128 kilomètres) tirant ses produits d'un centre de population de 2 millions d'habitants avec un pareil trajet, qui ne lierait ensemble que deux villes de deux cent mille habitants; mais il y a là une différence des neuf dixièmes dans les avantages, d'autant plus que l'esprit nomade, la fortune et le commerce, qui alimentent cet esprit, trouvent dans Paris un élément qui se perd à mesure qu'on s'en éloigne.

Ainsi il n'y a pas de doute que deux rayons de chemin de fer, Rouen et Orléans, formant ensemble la valeur de la ligne du Nord, non compris ses embranchements, doivent donner incomparablement plus de produits; or, ces deux chemins, marchant depuis six ans avec toutes leurs ressources, ne dépassent pas, ensemble, le chiffre de 55,000 fr. par jour, et nous avons élevé le chiffre de vos espérances sur la ligne du Nord à 60,000 fr. par jour. Croyez-vous actuellement qu'il les dépassera?

(7) Plusieurs des chemins désignés ont déjà vu entamer leur premier versement; il y en a même (le Dieppe à Fécamp) qui l'y ont laissé tout entier; mais l'heure du second va sonner.

A ce propos, actionnaires, prêtez l'oreille. Deux jeux bien différents se présentent pour les banquiers : ou ils déprécieront vos actions afin de vous les faire abandonner, s'en empareront, feront eux-mêmes le second versement; touchés de cette magnanime preuve de confiance, vous les rachèterez alors beaucoup plus cher, et le tour sera joué.

Mais, comme à ce jeu-là il faut encore risquer de l'argent, prenez plutôt garde à l'autre.

La hausse (comme ils appellent cela) revient ; la partie est commencée; une légère reprise dans les prix vous donne du cœur; pour ne pas tout perdre, vous risquez le double; le second versement se fait; l'argent est encaissé. Alors la dépréciation arrive : vous n'aviez versé que 100 à 125 fr., vous ne pouviez perdre davantage; vous aurez le double sur le tapis, et les croupiers sont là.

J'ai signalé le danger : profitez et agissez.

(8) Sans doute, nous devons le dire ici, l'homme vaut mieux que son nom; quoi qu'il en soit, ce nom attaché en premier à ces ruineuses entreprises où se sont englouties les épargnes de tant de pauvres gens, restera attaché au pilori de la rue, absorbant à lui seul la responsabilité des malheurs arrivés par les chemins de fer, comme celui de Saint-Bérain (lisez qui vous voudrez) a résumé les désastres de la commandite.

Impr. de Pommeret et Guénot, rue Mignon.

BIBLIOTHÈQUE ROYALE

www.ingramcontent.com/pod-product-compliance
Lightning Source LLC
LaVergne TN
LVHW051036060726
842524LV00007B/2861